LES
CHRONIQUES
DE L'IMPOSSIBLE

La longue nuit de STRASBOURG

3

LAVERDURE

PISCAGLIA

LES CHRONIQUES DE L'IMPOSSIBLE

Editeur :
DARGAUD BENELUX
Rue Kindermans 3 - 1050 Bruxelles (Belgique)

Dès le début,
les forces de l'ombre s'opposèrent.
Dès le début,
Nous vainquîmes.

Les Feuilles du jardin de Morya
I.231.

MCMXC

Dépôt légal d/1990/2377/383
ISBN 2-87129-060-1
Imprimé par Proost en janvier 1990

Quelle journée magnifique !
Dès que Laurent arrivera, nous irons faire un tour.
Aaah! Rien n'est irréversible, je l'ai toujours dit!
Pardon ?...
Je dis que rien n'est irréversible. Regarde cet article sur Strasbourg!
Ça fait plaisir, en effet.
SESSION EXTRAORDINAIRE DU PARLEMENT EUROPEEN A STRASBOURG. L'EUROPE UNIE AU SERVICE DU MONDE.
A l'unanimité, le Parlement approuve et ratifie le travail réalisé précédemment en Commission. A l'ordre du jour :
• De nouvelles dispositions communautaires.
• Le pas suivant à franchir vers la véritable fusion européenne. Les Etats-Unis d'Europe ne sont plus une utopie
• Chômage et inflation : des solutions pour retrouver le plein emploi.
• Enfin, vote massif d'une aide plus réaliste envers les pays en voie de développement les plus endettés.
NOTRE DOSSIER
...Notre dossier: STRASBOURG l'Alsacienne, la Française, l'Européenne. Une ville où domine la joie de vivre. Que ce soit dans un fauteuil de l'Opéra ou devant un pichet de Gewurztraminer dans une winstub du coeur historique, ici, à chaque instant, vous savourez un art de vivre typiquement alsacien...
Tu te souviens?
Plutôt, oui. Nous étions presque au même endroit...
... C'était la première neige, avec cette pointe de tristesse qu'on éprouve en la voyant tomber...

...tu lisais un autre article sur Strasbourg.
Voilà un reportage inquiétant: Violences, désordre... À propos, je téléphonerais volontiers à Roger, question de savoir où en est la mise au point de son nouveau laser isotopique.
KRASH! BING!! BAAANG
OH?!
!?
LAURENT!
Bon... bonjour! La première neige m'a... m'a surpris, je l'avoue. Le mobilhome a dérapé!..
Mon pauvre, Laurent!
Pas trop de mal, au moins?
Entre vite!
Que se passe-t-il?
OH!
Le monde est rempli de grandes et de petites catastrophes. À Strasbourg justement, quai Kléber, au moment même où Laurent se remet de ses émotions...
Comment pourrais-je juger de ces choses?.. Stoup!
?
La lumière et l'ombre, le jour et la nuit, la vérité et l'erreur, le b...
HIP'S
NON!

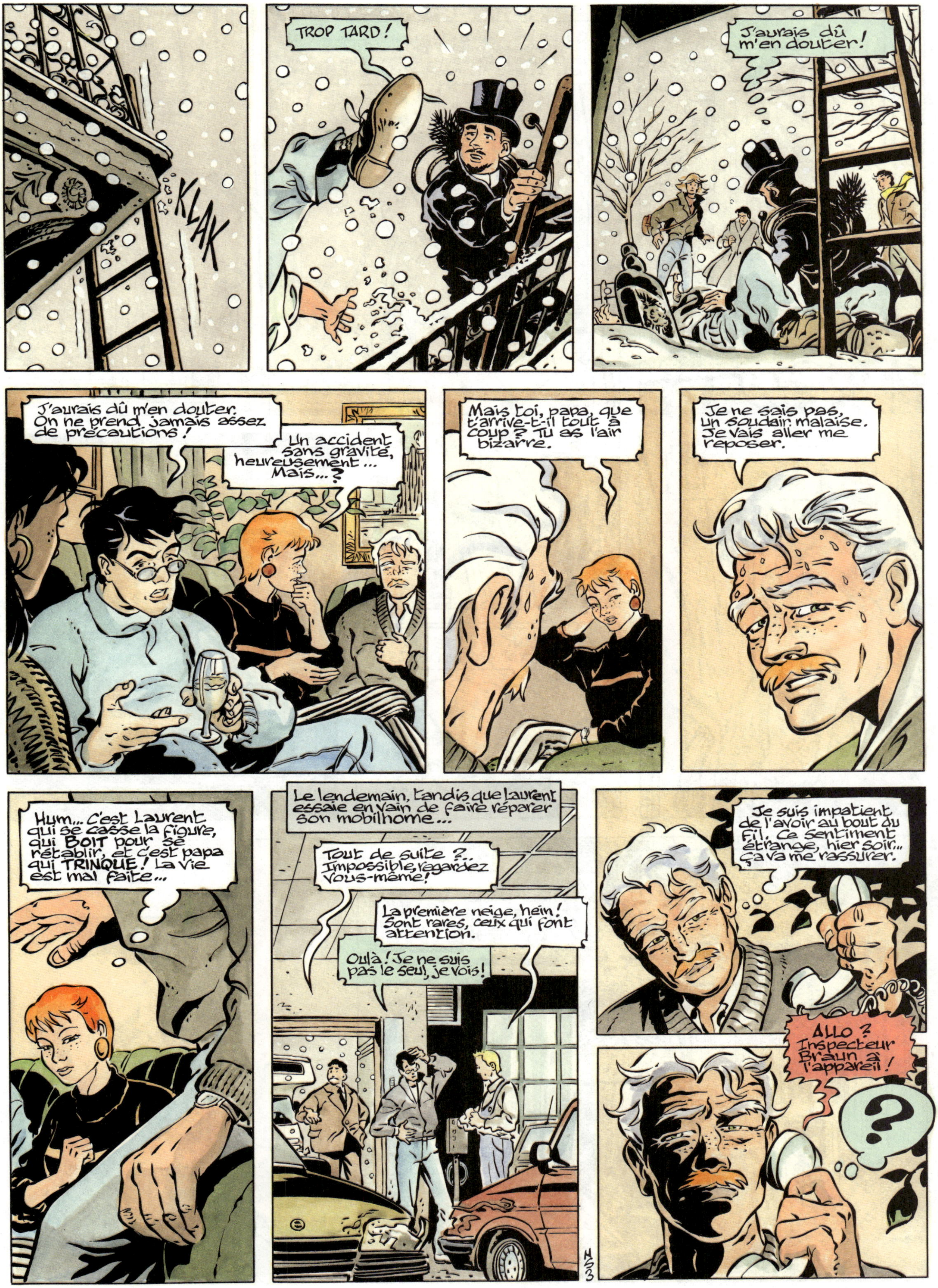
KLAK
TROP TARD !
J'aurais dû m'en douter !
J'aurais dû m'en douter. On ne prend jamais assez de précautions !
Un accident sans gravité, heureusement... Mais...?
Mais toi, papa, que t'arrive-t-il tout à coup ? Tu as l'air bizarre.
Je ne sais pas, un soudain malaise. Je vais aller me reposer.
Hum... C'est Laurent qui se casse la figure, qui BOIT pour se rétablir, et c'est papa qui TRINQUE ! La vie est mal faite...
Le lendemain, tandis que Laurent essaie en vain de faire réparer son mobilhome...
Tout de suite ? Impossible, regardez vous-même !
La première neige, hein ! Sont rares, ceux qui font attention.
Oulà ! Je ne suis pas le seul, je vois !
Je suis impatient de l'avoir au bout du fil. Ce sentiment étrange, hier soir... ça va me rassurer.
ALLO ? Inspecteur Braun à l'appareil !
?

Un ami de Roger Lapointe? Très bien. Vous pouvez me donner vos coordonnées?
Roger Lapointe a eu un accident hier après-midi. Un accident étrange, c'est pour ça que je suis ici. Il est "tombé" de son balcon.
?
Si c'est grave? Assez, oui... coma profond.
?!?
TANT PIS! JE PARS POUR STRASBOURG!
KLAK
Tu pars? Et nous alors?
Mon mobilhome peut rouler. Je le ferai réparer là-bas.
Quelques heures plus tard, à la Direction Départementale des Polices Urbaines du Bas-Rhin...
Voyez-vous, Monsieur Leclère...
HOTEL DE POLICE
...plusieurs choses m'intriguent dans le comportement de votre ami...

On ne tombe pas si facilement d'un balcon, même en ayant bu...
...et sans faire le moindre geste pour se rattraper...
Vous pensez à un suicide ?
Je ne sais pas... Depuis quelque temps, Lapointe avait un comportement bizarre. Il s'est mis à organiser des spectacles, de grands spectacles ...
Organiser lui-même ? Tiens ! Enfin, il a toujours adoré les bons spectacles.
Mouais.
Hem ! À chacun ses goûts, évidemment. Mais il y a tout de même des limites !
?
UN DES GROUPES QU'IL A FAIT VENIR ICI ÉTAIT INTERDIT DE REPRÉSENTATION PARTOUT, MÊME EN GRANDE-BRETAGNE ! VOUS COMPRENEZ CE QUE ÇA SIGNIFIE ?...
Et lui, grâce à des appuis obscurs, à de hautes complaisances que je préfère ignorer par prudence...
... lui, Roger Lapointe a réussi à le faire jouer à Strasbourg ! Résultat, UN MORT !.. Des troubles pendant une semaine, des dégâts incalculables !
UN MORT !
C'est fort désorienté que Simon quitte l'inspecteur Braun.
L'attitude de Roger paraît si aberrante...
OTEL DE POLICE
Ah ! Enfin, le voilà !
À propos, où est Laurent ?
Parti faire réparer son mobilhome.
Ça nous laisse un peu de temps. Strasbourg a une excellente réputation culturelle. Si nous sortions ce soir ?
Ah, enfin !.. Bonne réaction de sa part.

Tu sais ce qu'ils jouent ?
Pas vraiment, non.
?
L'ÈRE DES MUTANTS
Dis, papa, tu ne crois pas que le programme...
Peu importe le programme. J'ai seulement envie de me distraire.
Aaaahh ! C'est si bon de se retrouver dans une salle de spectacle !
BRAAAH ! ÊTES-VOUS CONSCIENTS DE VOTRE ÉTAT, POURRITURES HUMAINES ?...
D'HORRIBLES MUTANTS, DES DÉGÉNÉRÉS, VICTIMES DU TROISIÈME CONFLIT MONDIAL !

* WINSTUB : Débit de vin où l'on sert la cuisine locale.

Encore lui ! C'est inexplicable.
Pas du tout ! C'est très logique au contraire.
L'escalier, Laurent, attention !
ZZ OUPS
Roger Lapointe vit seul. Il arrive qu'un homme seul soit porté à la dépression. Que va-t-il organiser dans ce cas ?...
P
Ça va ?
Cette maudite pièce m'a donné un fameux mal de reins.
... Des spectacles heurtés, violents ou morbides, des spectacles en rapport avec son état d'esprit.
Très beau raisonnement, Lucie. Mais voilà : j'ai toujours connu Roger fort jovial. Et puis, il y a une chose importante à laquelle tu n'as pas songé.
L'ARGENT ! Où a-t-il été chercher l'argent ? Son tempérament dépensier d'une part, son salaire de chercheur de l'autre, ne lui auraient jamais permis de mettre sur pied de telles entreprises !
Je veux savoir ce qu'il y a derrière tout cela, y compris les curieux sous-entendus de l'inspecteur Braun.
Le lendemain matin, dans les couloirs de l'Hôpital Civil...
Voyons, papa, nous sommes venus hier ! Les visites sont formellement interdites en réanimation. Tu ne pourras pas le voir.
Je sais, je sais.
Personne ! J'ai de la chance !
REANIMAT
ENTREE INTERDITE
Roger !...
Pauvre vieux Roger... Je finirai bien par comprendre ce qui t'a mené là.
Heu... Monsieur...

Monsieur, soyez raisonnable.
Comprenez-moi, mademoiselle, c'est un AMI INTIME !
Comment va-t-il ?
Etat stationnaire. Il faut attendre.
Roger Lapointe et moi menions des recherches parallèles sur les lasers isotopiques. Des recherches de la PLUS HAUTE IMPORTANCE. N'aurait-il pas laissé des notes ? Il en prenait partout,
Peut-être dans ses affaires...
Si, il y a un carnet. Je ne sais pas si je peux...
Je désire simplement le consulter.
Merci.
Séparation électromagnétique
Spectrométrie de masse
Quel fouillis ! Je m'y attendais. Intéressant, mais pour une fois, ce n'est pas ça que je cherche.
Lithium 6 et 7
neutrons !
tritium
OH !
Allons, je rêve ! C'est bien son écriture pourtant, et... ?
Inspecteur Braun.
J'aimerais jeter un coup d'oeil sur les affaires de Roger Lapointe.
!
ZUT, ALORS ! L'INSPECTEUR ! Tant pis... HOP !

Tiens, monsieur l'Inspecteur! Hum... Quelle surprise !
Vous m'avez devancé, je vois.
Toutes mes excuses... Vous savez, entre chercheurs...
Je comprends, je comprends...
Ceci vous sera peut-être utile pour guider vos recherches.
Peut-être...
Quel charabia!
Que signifie ce mot? C'était le seul de ce genre.
Tu as trouvé quelque chose?
FACULTE DE
HOPITAL CIVIL
Oui. Allons rejoindre Laurent.
Carnet noir → RENÉ. Qu'il joue le MAITRE DES ABERRATIONS si ça lui chante! Ce maudit carnet me brûlait les doigts. Je ne veux plus en entendre parler. Plus rien de tout cela, JAMAIS! Le feu? rien d'hostile en soi. Brûle ou réchauffe selon les circonstances. L'USAGE QU'ON EN FAIT → QUEL DESASTRE! Comme un gosse inconscient qui joue avec des allumettes. Passé l'âge pourtant! → TROP TARD, LA GRANGE A BRULÉ!! Ecrasante responsabilité...
Un peu plus tard, pont du Corbeau.
Tiens, une manifestation.
PROTÉGEONS NOS FRONTIÈRES ! L'ALSACE AUX ALSACIENS!
LA FRANCE AUX FRANÇAIS !
QU'ILS AILLENT À BRUXELLES!
PAS DE ÇA CHEZ NOUS!
DES PRODUITS FRANÇAIS POUR LES FRANÇAIS
Vous avez vu les calicots? Pour une ville européenne, c'est le comble!
HALTE AUX ENVAHISSEURS ÉCONOMIQUES!
?!
Que faisons-nous ?
Je descends. Cette manifestation m'intrigue.
L'EUROPE EST UNE UTOPIE
WVROOO

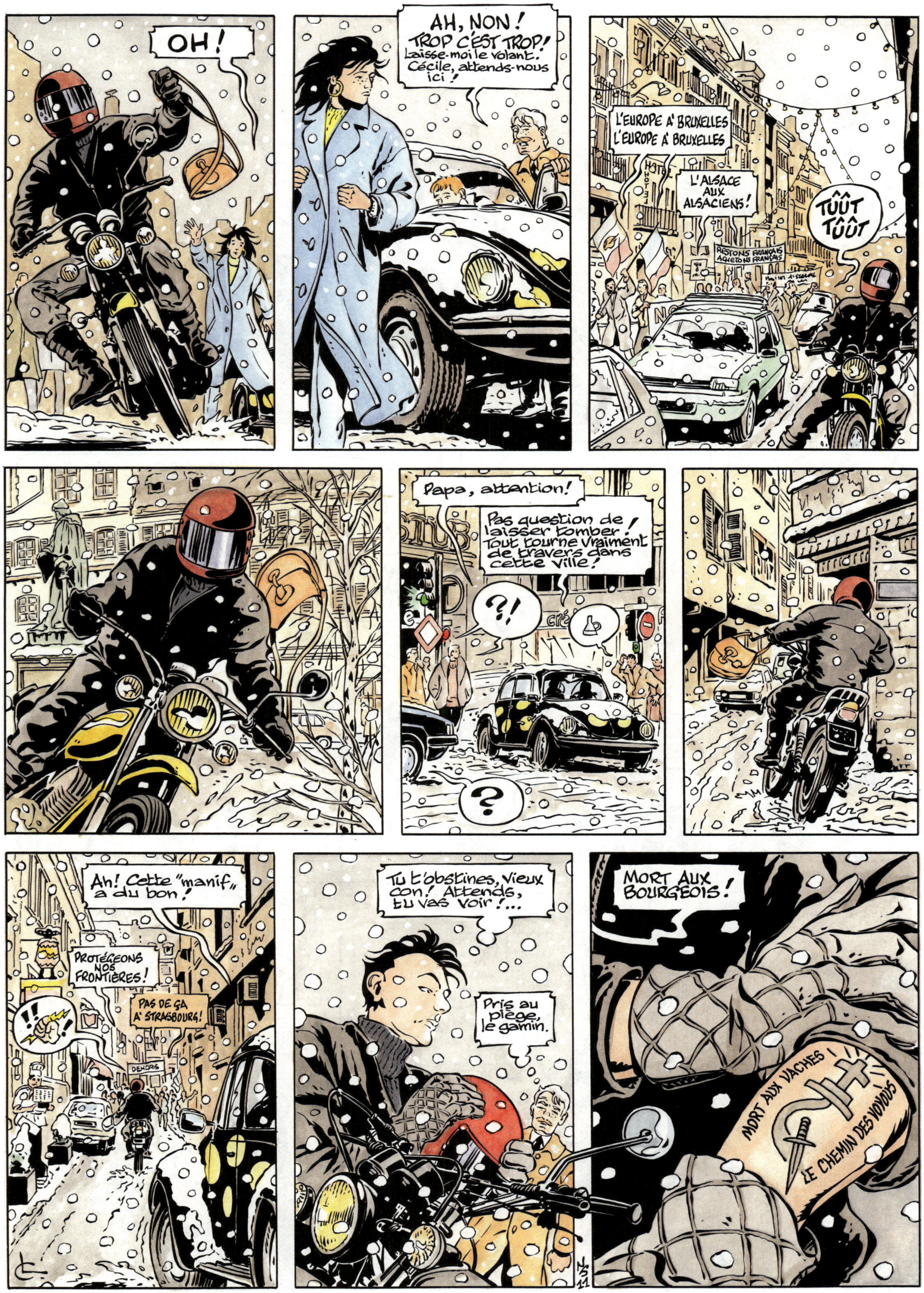
OH!
AH, NON! TROP C'EST TROP! Laisse-moi le volant. Cécile, attends-nous ici!
L'EUROPE A' BRUXELLES L'EUROPE A' BRUXELLES
L'ALSACE AUX ALSACIENS!
TÛÛT TÛÛT
RESTONS FRANÇAIS ACHETONS FRANÇAIS
Papa, attention!
Pas question de laisser tomber! Tout tourne vraiment de travers dans cette ville!
?!
?
Ah! Cette "manif" a du bon!
PROTÉGEONS NOS FRONTIÈRES!
PAS DE ÇA A' STRASBOURG!
!!
DEHORS
Tu t'obstines, vieux con! Attends, tu vas voir!...
Pris au piège, le gamin.
MORT AUX BOURGEOIS!
MORT AUX VACHES!
LE CHEMIN DES VOYOUS

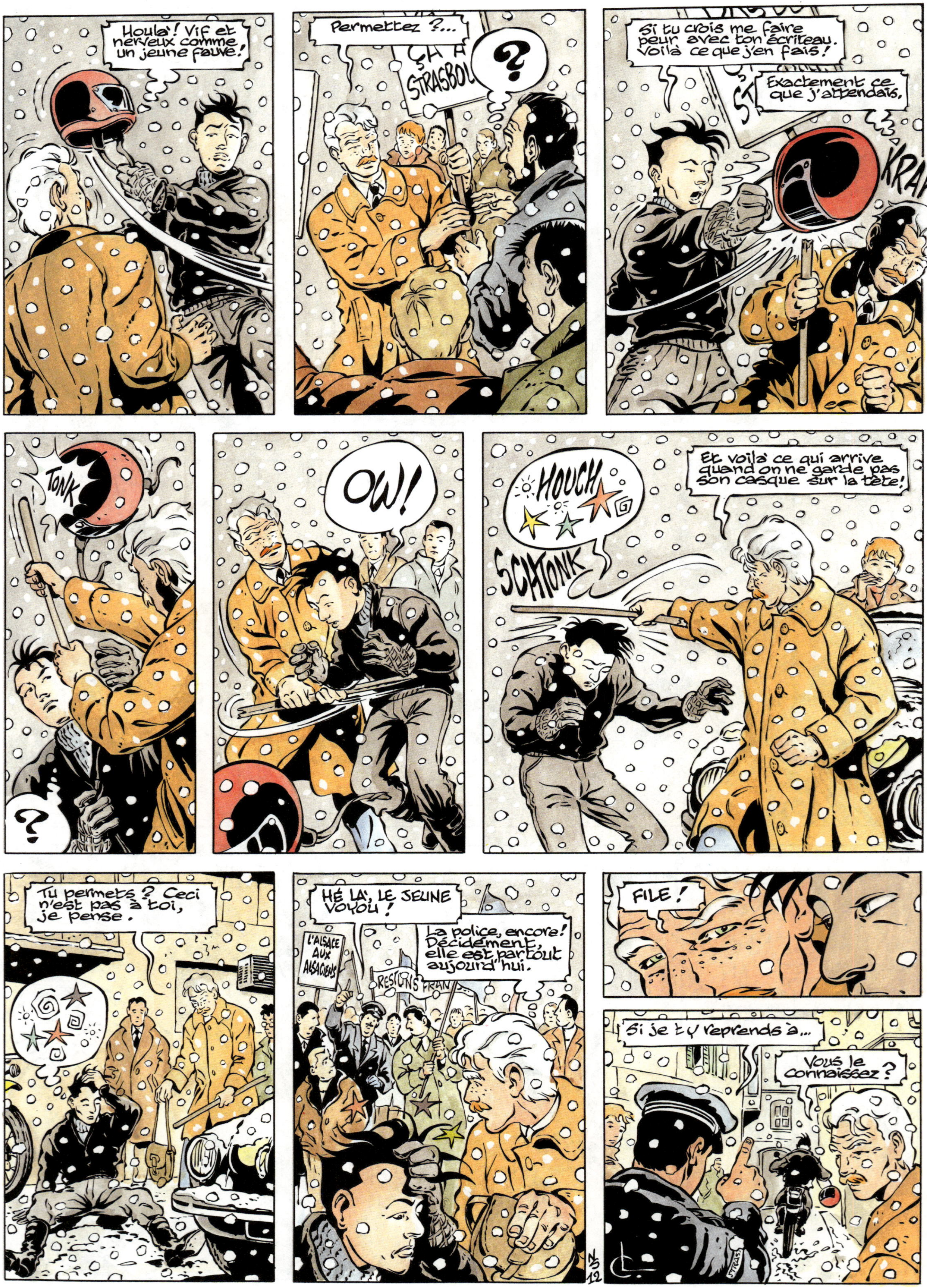
Houla ! Vif et nerveux comme un jeune fauve !
Permettez ?...
ÇA A STRASBOU
?
Si tu crois me faire peur avec ton écriteau, voilà ce que j'en fais !
Exactement ce que j'attendais.
KRAK
TONK
?
OW !
HOUCH
SCHTONK
Et voilà ce qui arrive quand on ne garde pas son casque sur la tête !
Tu permets ? Ceci n'est pas à toi, je pense.
HÉ LÀ, LE JEUNE VOYOU !
La police, encore ! Décidément, elle est partout aujourd'hui.
L'ALSACE AUX ALSACIENS
RESTONS FRAN
FILE !
Si je t'y reprends à...
Vous le connaissez ?

Si je le connais ?! Il habite un foyer pour adolescents, à la Petite France. Spécialiste pour "emprunter" des motos, voler à la tire, cambrioler sans effraction.
Un avenir plein de promesses...
ZUT
NON
Ouille !.. N'a pas "cafté" le vieux, c'est rare.
Loin de toute cette agitation, Laurent essaie de garer son véhicule, parfaitement réparé, à l'angle de la rue de l'Ail.
?! HÉ !
Je vais les attendre ici.
?
POK
KAR
VVRRRR
HÉ ! L'ÉCHELLE ! IL VA ME TUER !
ARRÊTEZ !
Ma seule chance !...
BONK
?!
?
WWFFFRROOFF
POUF

* Voir "LES TEMPÊTES DE SAINT-MALO"

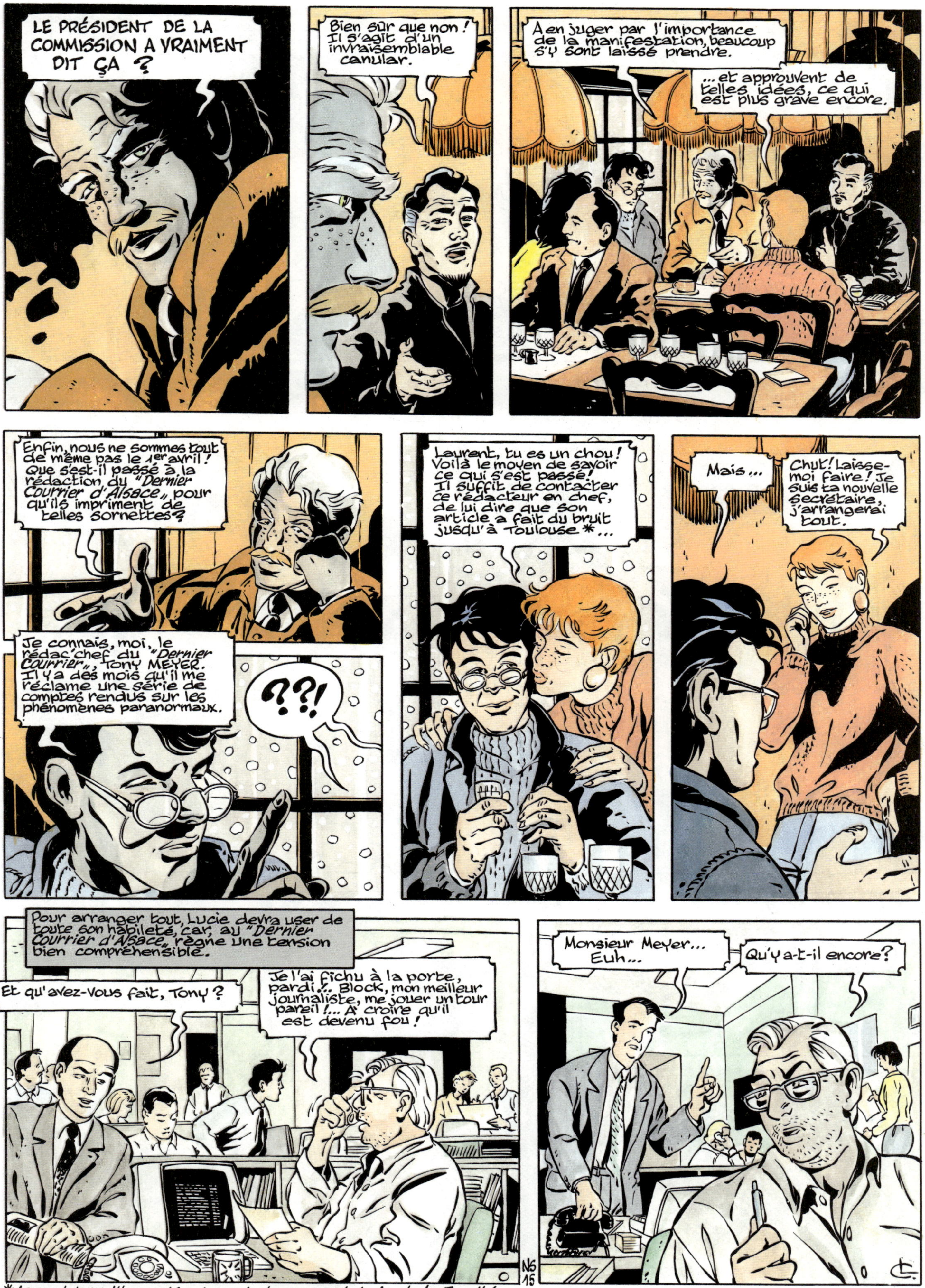

* Laurent travaille au département de parapsychologie de la Faculté de Toulouse-le-Mirail. Voir "LA MAISON DE BRUGES".

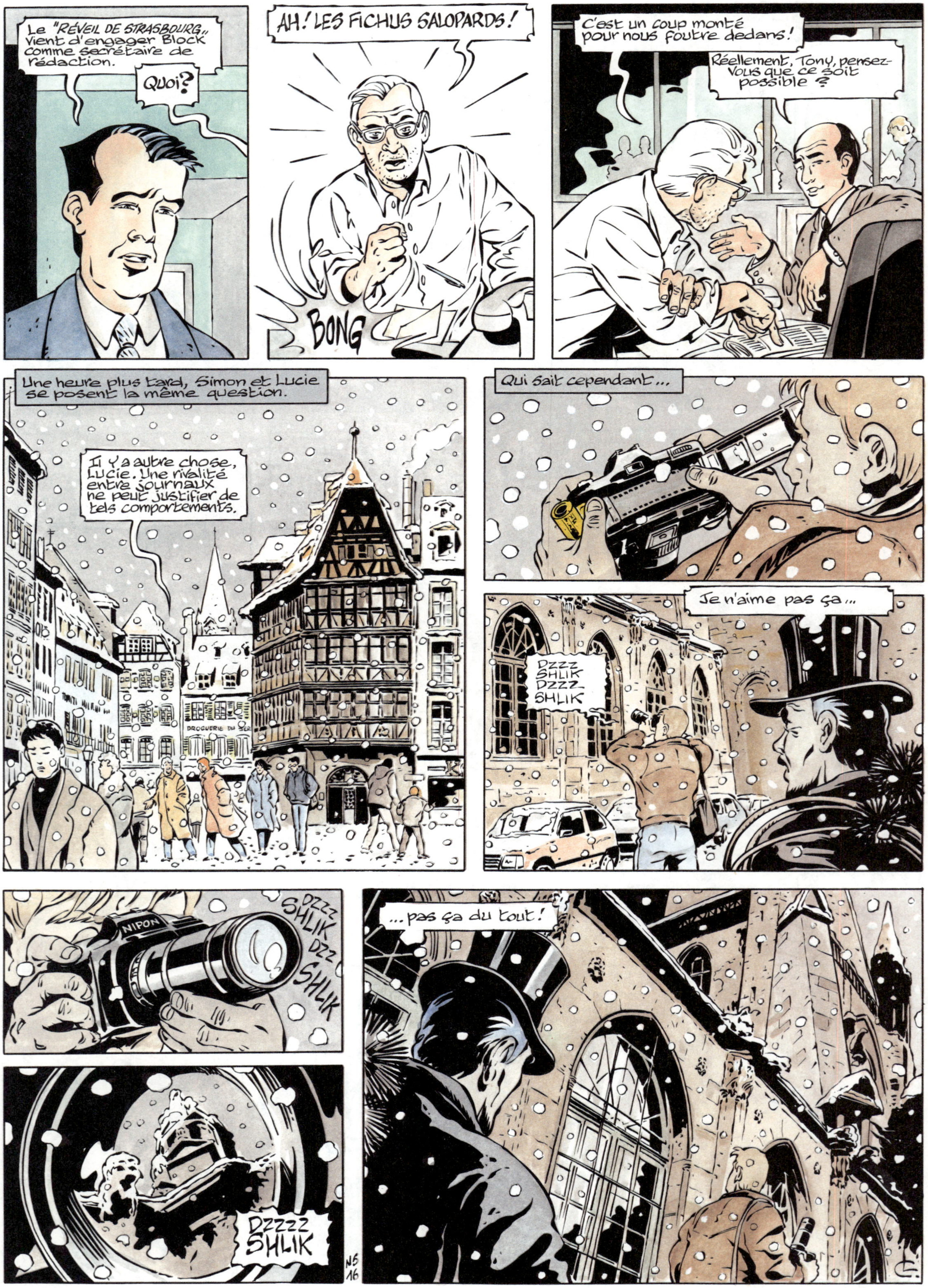
Le "RÉVEIL DE STRASBOURG" vient d'engager Block comme secrétaire de rédaction.
Quoi?
AH! LES FICHUS SALOPARDS!
BONG
C'est un coup monté pour nous foutre dedans!
Réellement, Tony, pensez-vous que ce soit possible ?
Une heure plus tard, Simon et Lucie se posent la même question.
Il y a autre chose, Lucie. Une rivalité entre journaux ne peut justifier de tels comportements.
Qui sait cependant...
Je n'aime pas ça...
DZZZ SHLIK DZZZ SHLIK
NIPON
DZZZ SHLIK DZZ SHLIK
DZZZZ SHLIK
...pas ça du tout!

MARRONS CHAUDS ! MARRONS CHAUDS !
Un gros cornet à Vingt francs, s'il vous plaît.
Marrons
Mmm... merci.
Lucie, tu veux des marrons ?
Vite ! Je suis déjà en retard !
HOLÀ !
!
?
P... pardon...
SPLOSH
Pardon... Excusez-moi... Je... J'ai...
MARRONS CH...
MARRONS GLACÉS ! MARRONS GLACÉS !

MILLIARDS DE MILLIARDS...
GRRRMBL
Heu... Toutes mes excuses.
?
Ces maudits touristes...!
Tiens, tiens...
Nous allons t'aider à récupérer tes marrons...
Un "marron" de plus pour Laurent ...
A peine remis de ses émotions, Laurent en crée d'autres à son carrossier.
Je ne vois pas ce qu'il a votre Mobilhome... CO... COMMENT ?
CARRO
AUTO LOOK
Le toit ?..
Oui, le toit !
Les préoccupations de Simon sont d'un autre ordre, bien entendu.
J'ai beau lire et relire ce billet, je n'y comprends rien. En revanche, il me donne la chair de poule.
Le MAÎTRE DES ABERRATIONS !.. Roger lui-même avait des attitudes aberrantes.
Tu as vu ? Les bureaux du "RÉVEIL DE STRASBOURG"..
Oh, en fin de compte, leurs querelles journalistiques, tu sais...
Papa, viens voir !
LE RÉVEIL de Stra
?

On parle de ton ami Roger Lapointe ! Il y a même une photo.
?
Notre directeur, René Spielmann, en conversation avec son ami Roger Lapointe, chercheur éminent dans le domaine de la spectrométrie de masse.
L'inquiétante croisade de Glemp
Le Cardinal Jozef Glemp a-t-il bien mesuré la portée de ses paroles ? Samedi 26 août, devant des centaines de milliers de fidèles réunis à Czestochowa, à l'occasion du péleri-
Son ami...
RENÉ Spielmann, quelle coïncidence ...
Le même prénom que sur le billet.
Exact ! Et l'article du "Dernier Courrier d'Alsace" : une aberration de plus ! Il faut à tout prix que je rencontre ce René Spielmann !
Tu nous rejoindras à l'hôtel ?
Monsieur Spielmann n'est pas ici pour l'instant. De toute façon, il ne reçoit que sur rendez-vous.
Remplissez cette fiche si vous désirez le rencontrer.
Mmm ...
LE REVEIL DE
Dans un autre bureau du "RÉVEIL DE STRASBOURG" cependant ...
MILLIARDS DE MILLIARDS ! Il me manque la première bobine, la plus importante !
Pour un travail rapide et confidentiel, c'est réussi ! Je vais refaire les clichés en vitesse.
Ne me voilà guère plus avancé.

La nuit porte conseil, dit-on...
Qui est donc... Maître des... Pourquoi ...Zzz
Pour d'autres cependant, elle est synonyme de travail fébrile ...
Même sous la pluie glaciale qui s'abat tout à coup sur la ville.
Avec ce temps au moins, nous n'avons pas à craindre la curiosité des noctambules.
MUSÉE DE L'HOMME DE FER
Le lendemain matin...
Non, ce film n'est pas à nous.
Il sort un film de son sac et nous demande s'il nous appartient.
Sacré Laurent ! Tous ses accidents lui font perdre la boule.
Va le faire développer chez Meyer. Ce sera terminé en moins d'une heure.
Le temps de voir le Château des Rohan, et on se retrouve au Musée de l'Homme de Fer.
Oui, oui, place du même nom. Entendu, à tout à l'heure !
Ah, la neige a disparu.
Mais... il y a du verglas !
Une heure plus tard...
Ce musée conserve une importante statuaire médiévale, ainsi qu'une belle collection de vitraux, dont le Christ d'Odenbourg issu de la chapelle du premier château.
Une pièce rare, paraît-il, un des plus vieux vitraux figuratifs du monde.

Tiens, où est-il ?
Ce n'est pas ça, tout de même ?
?
ÂAAAHH ! C'EST EFFROYABLE !
!?!
Le Christ d'Odenbourg ! rem... remplacé par une... une BÊTE !?
... LE VOILÀ !
Enfin m'y voilà ! Avec ce verglas...
Expliquez-vous ! Ce n'est pas le vitrail d'origine ?
Pas du tout ! Le vrai vitrail...
UNE BÊTE ! UNE BÊTE !
J'ai les photos, mais...
Ce n'est pas le moment, Laurent.
UNE BÊTE !! Mon Dieu !
Mais je n'y comprends rien. Regarde.
Pas le moment, je te dis !... HÉ !?

Donne un peu, pour voir.
!
Prévenir le Conservateur en Chef...
Ça ressemble fort à cette substitution.
Regarde, Cécile !
Les gargouilles de la cathédrale !
Etrange... TIENS ! CELLE-CI EST PARFAITEMENT IDENTIQUE AU VITRAIL !
CHRIST D'ODENBOU
Enfin, Laurent, pense-tu nous expliquer d'où viennent ces photos !?
Je n'en sais rien ! Elles ne m'appartiennent pas, elles n'appartiennent à personne.
ALLO ?... UNE CATASTROPHE Monsieur le Conservateur en Chef...
Il y a d'autres clichés, Cécile : une exposition sur l'Orangerie, apparemment.
Encore une aberration. Pauvre papa !
Cette fois, Laurent, NOUS prenons les choses en mains.
Tu diras à papa que l'intuition féminine est indispensable pour résoudre les mystères qui planent sur Strasbourg.

Dans la galerie d'exposition sur l'Orangerie,
C'est sûrement lui qui a pris ces clichés.
Louis Kotz, reporter-photographe au "Réveil de Strasbourg". Le parc de l'Orangerie le passionne.
Encore ce journal !
D'ailleurs, s'il n'est pas en mission, ni au bureau du journal, c'est là que vous le trouverez. Il y est toujours fourré.
Merci.
Hé bien, allons-y !
Il n'est pas ici.
Une simple description pour le reconnaître, c'est peu.
Ici non plus...
Tu ne crois pas qu'on court après un leurre?
Je ne crois pas...

KLIK
Monsieur Kotz ?
Oui ?
Ces photos vous appartiennent, je suppose ?
??
Tiens, mais c'est le bonhomme que Laurent a télescopé hier sur la place de la Cathédrale.
Ou plutôt, elles appartiennent à votre Directeur, Monsieur René Spielmann.
Co... comment le savez-vous ?
Vous venez de nous l'apprendre, merci !
Quel imbécile, je fais !
Tu avais raison.
Oui ! J'étais sûre que ce René Spielmann jouait un rôle obsur dans tous les incidents qui troublent la ville. Un rôle obscur et inquiétant !
!!
Peut-être n'est-il pas non plus étranger à l'accident de Roger Lapointe.
C'est bien mon avis.
Ce serait donc lui le MAÎTRE DES ABERRATIONS dont parle le billet ? Mm... tout porte à le croire en tout cas.
Que vas-tu faire ?
Je ne sais pas. Je vais réfléchir.

Réfléchir ? Beau mensonge! Agir plutôt.
Puisqu'il n'y a pas moyen de rencontrer ce René Spielmann, j'utiliserai d'autres méthodes.
Quelle folie suis-je en train de faire ? Tout dans cette ville est tellement hors des normes.
FOYER D'ACCUEIL POUR JEUNES
Tellement que...
Oui, tu as très bien compris : j'ai besoin de toi pour une petite "visite", sans vol ni effraction.
Alors là !..
Un tracas de plus pour l'inspecteur Braun déjà débordé.
Cette histoire de vitrail fait des remous jusqu'au Ministère de l'Intérieur.
USEE DE L'HOMME ET FÉR
Je commence à en avoir plein le dos de cette ville insensée !
S'il savait que Simon lui prépare un coup à le pousser à la démission...
Le lendemain soir...
CONSERVATOIRE DE MUSIQUE
Tu es sûr qu'il n'y a personne ?
Absolument certain. La femme de ménage est rentrée chez elle, et eux sont partis dîner à la Maison Kammerzell.
Je prendrais volontiers une tourte vigneronne.
Baeckeoffe ou choucroute à la lotte ? J'hésite... Et toi, Ludovic ?...
MORT AUX NANTIS !
MORT AUX VACHES
LE CHEMIN DES VOYOUS
NS 25

Ça y est !
Entrons vite !
Sûrement pas dans le salon.
Ah ! le bureau !
Fermé à clef !
Lionel...
Rien n'y résiste. Je vous ouvre tout avec ce trousseau-là !
Presque trop facile, en effet.
J'ai ce qu'il faut, allons-nous-en.
Puisqu'il pique...
...moi aussi.
LIONEL !
NS 26

Surtout, referme avec soin et sans rien démolir.
Pas à dire, c'est frustrant des "visites" pareilles !
Plus tard, à l'hôtel.
Tout y est consigné: le concert "skinhead" et le spectacle à l'Opéra... de la main de Roger.
Le faux article du "Dernier Courrier d'Alsace" et la substitution du vitrail... d'une autre écriture, sans doute celle de René Spielmann.
Un total désarroi !
CATHEDRALE
Tout, même les conséquences. Mais... POURQUOI ? POURQUOI ? À quel jeu monstrueux se sont-ils adonnés ?
HOTEL
CATHEDRALE
SOUVENIRS D'ALS
Les matins sont de plus en plus glacés sur Strasbourg...
Mmmm ?
DRRRIING
Monsieur Leclère ?.. Toutes nos excuses, mais monsieur Spielmann vous attend à la réception.
Hein ?... Je m'habille et je descends.
Maintenant, les dés sont jetés !
Monsieur Leclère, nous n'avons peut-être qu'une chose en commun, mais elle est précieuse : un véritable ami.
?

(*)(**) Appellées également "Synagogue" et "Eglise triomphante".

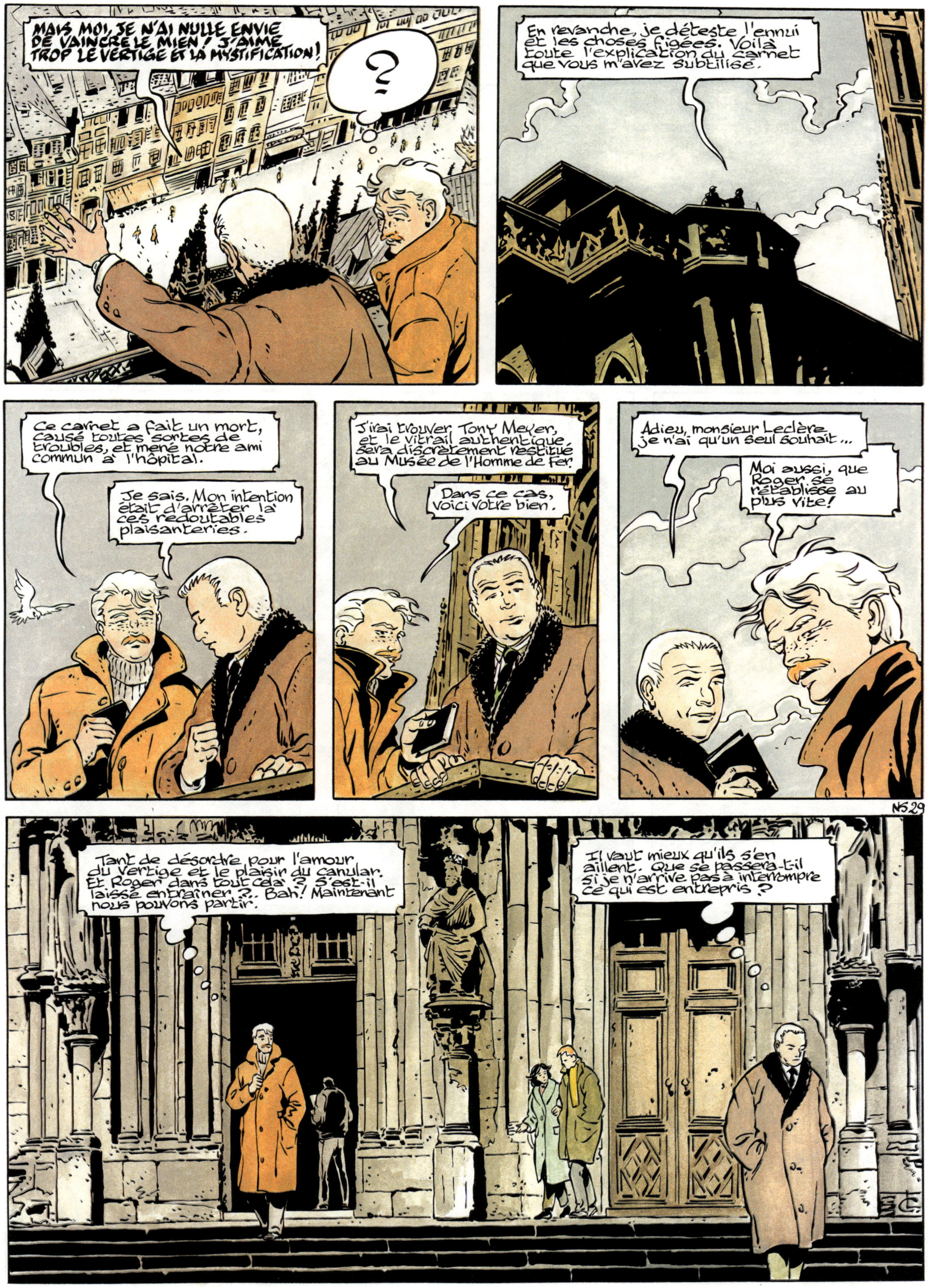
MAIS MOI, JE N'AI NULLE ENVIE DE VAINCRE LE MIEN ! J'AIME TROP LE VERTIGE ET LA MYSTIFICATION !
?
En revanche, je déteste l'ennui et les choses figées. Voilà toute l'explication du carnet que vous m'avez subtilisé.
Ce carnet a fait un mort, causé toutes sortes de troubles, et mené notre ami commun à l'hôpital.
Je sais. Mon intention était d'arrêter là ces redoutables plaisanteries.
J'irai trouver Tony Meyer, et le vitrail authentique sera discrètement restitué au Musée de l'Homme de Fer.
Dans ce cas, voici votre bien.
Adieu, monsieur Leclère, je n'ai qu'un seul souhait...
Moi aussi, que Roger se rétablisse au plus vite !
Tant de désordre pour l'amour du vertige et le plaisir du canular. Et Roger dans tout cela ? S'est-il laissé entraîner ?.. Bah ! Maintenant nous pouvons partir.
Il vaut mieux qu'ils s'en aillent. Que se passera-t-il si je n'arrive pas à interrompre ce qui est entrepris ?

Plus tard, dans un bureau de la Chambre de Commerce.
Je vous rends ce carnet. En définitive, il vous appartient. Un conseil: détruisez-le au plus vite et oubliez...
HORS DE QUESTION! Si vous n'en avez pas le courage, moi, j'irai jusqu'au bout!
MBRE
ET D'INDUSTRIE
Quel obstiné!
Entretemps, sur la route du retour...
Mettons un peu de musique.
Clic!.. à Radio Strasbourg vous annonce la Nuit de Saturne...
LA NUIT DES FOUS! Comme au Moyen Age! Mieux encore, car cette fois TOUT SERA PERMIS!
?
Oui, TOUT! Vous vivrez vos phantasmes les plus fous, vos pulsions les plus secrètes. Eclatez-vous! Dé...
VOUS ENTENDEZ? ÇA RECOMMENCE!
Strasbourg SANS INTERDITS pendant toute une nuit... la nuit des fous!
DEMI-TOUR!
Une sortie, là!
Je ne comprends plus. René Spielmann paraissait sincère...
Curieux tout de même cette histoire de... HÉ! QUE FONT-ILS?
?

!!
?!
BLANK
KRAK
!!!
Cette fois, pas à dire, ça se voit...
Entretemps, Lionel a guidé Simon à travers le dédale des quais du port fluvial.
Nous y sommes. Les studios de "Radio-Strasbourg" se trouvent à bord de la péniche.
Parfait...
RADIO-STRASBOURG
Hem, vous comptez rester longtemps dans la région?
CARRO
AUTO LOOK
Attends-moi là.
L'organisateur de la "Nuit des Fous"? Et puis quoi encore? Une annonce gratuite dans l'émission des "Echanges du Bas-Rhin"?
RADIO-ST
Vous n'avez pas la manière...

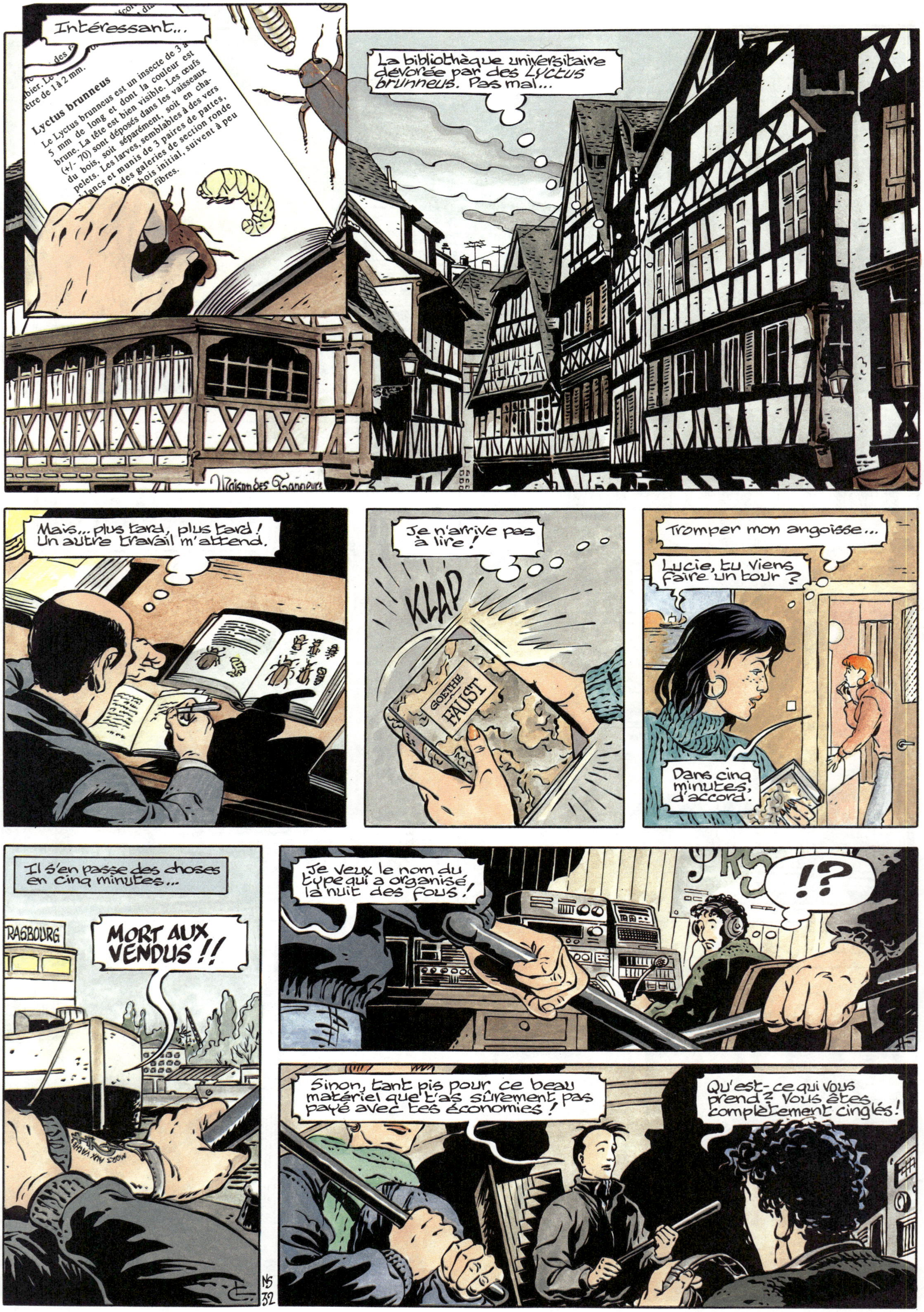
Intéressant...
Lyctus brunneus
Le Lyctus brunneus est un insecte de 3 à 5 mm de long et dont la couleur est brune. La tête est bien visible. Les œufs (+/- 70) sont déposés dans les vaisseaux du bois, soit séparément, soit en chapelets. Les larves, semblables à des vers blancs et munis de 3 paires de pattes,
des galeries de section ronde
bois initial, suivent à peu
fibres.
La bibliothèque universitaire dévorée par des Lyctus brunneus. Pas mal...
Maison des Tanneurs
Mais... plus tard, plus tard ! Un autre travail m'attend.
Je n'arrive pas à lire !
KLAP
GOETHE
FAUST
Tromper mon angoisse...
Lucie, tu viens faire un tour ?
Dans cinq minutes, d'accord.
Il s'en passe des choses en cinq minutes...
TRASBOURG
MORT AUX VENDUS !!
Je veux le nom du type qui a organisé la nuit des fous !
!?
Sinon, tant pis pour ce beau matériel que t'as sûrement pas payé avec tes économies !
Qu'est-ce qui vous prend ? Vous êtes complètement cinglés !
NS 32

interminablement son glas magnifique, la ville sera à ma merci, ou plus exactement à la merci de la Présence dont tôt ou tard je recevrai la visite
Ce
Quel monde au portail sud !
Tiens ? L'heure est passée pour la visite de l'horloge astronomique.
Inimaginable !
Jamais ! Ça ne s'est jamais produit !
Mauvais présage !
Que se passe-t-il donc ?
Allons voir.
DONG
DONG
DONG
DONG
OH, JE COMPRENDS ! REGARDE LA MORT, CÉCILE !

Le mécanisme est bloqué, elle sonne les heures sans discontinuer.
DONG
DONG
DONG
Papa, j'ai peur ! Allons-nous-en !
DONG
Ah ! Enfin !
Le voilà !
AAAH !
DONG
DONG
Qui est-ce ?
Le spécialiste d'Ungerer, Il va nous réparer ça en un clin d'oeil !
DONG
Je vais voir !
Mais...
Le mécanisme bloqué ?
Mm...mh...
DONG
Monsieur, je puis certainement vous aider. Mon grand-père était maître-horloger à Toulouse en... en...
DONG
?!
Je n'ai besoin de personne, voyons ! HÉ ! NE TOUCHEZ PAS À CELA ! VOUS...
DONG
KRRIIIIITSCH...
KRAAAAK
?!
?

TIK TIK TIK
TIK TIK TIK
TIKTIKTIK
TIK TIK
VRRRRRRRRRRRRIIIIIIIIII
TIK TIKTIK KRIIIIIII
TIK TIK TIK
SATURNE
SAMEDI
VRRRRIIIIIIIII TAK
LA LUNE
??
RAK RAK RAK RAK
TIK TIK TIK
RAK RAK RAK
VRRRRRIII
TIK
TING TING TING
VRRRIIIITAK TAK TING TING TIK
KOKORIKOO KOKOKRAK
Ah! Ah! Ah! Sacré Laurent, il n'en fera jamais d'autres!
Il a débloqué le mécanisme, c'est le moins que l'on puisse dire, mais...
?
FRRFF IIIIIII
NS 35

Lionel !
C'est ce gars-là qui a organisé la nuit des fous. Salut !
?!
Ernst Kagel, rue du Bain-aux-Plantes, Petite France.
WRROOM
Si nous y allions faire un tour ?
Chez Ernst Kagel, justement...
Je n'ai nul besoin de vos services. Allez-vous-en !
Vous avez tort. Un bon feu clair une nuit d'hiver, surtout la nuit de Saturne...
KLAK
Oh ... vous...
Je vous en conjure, ne restez pas dehors ce soir. Rentrez dès que la nuit tombe.
?
Rendez-vous "CHEZ SIMONE", c'est le seul endroit où nous serons en sécurité.
Quel étrange personnage...

DRRRIIIIINNG
Encore! Au diable les importuns! Je vais débrancher cette maudite sonnette!
Il n'y a personne.
Allons jusqu'au barrage Vauban. Nous essaierons tout à l'heure.
Lentement, la nuit d'hiver se prépare à prendre possession de la ville.
C'est pour ce soir, je le sens...
Soyons prêt.
Oh! Regarde, la fenêtre du second est ouverte! Maintenant il y a quelqu'un.
Il fait presque nuit. Nous pourrions revenir demain.
Un souffle glacé balaie soudain la place Benjamin-Zix, un souffle indescriptible de tristesse et d'épouvante.
Oooh, Lucie, je ne sais pas ce qui se passe...
J'AI SI FROID TOUT À COUP! J'AI SI PEUR!
Brrrr...
Tu as raison, rentrons.
Au même instant, surchargées de glace, certaines lignes électriques qui alimentent la ville atteignent leur point de rupture.

(1) Celle que l'on ressent, paraît-il, au contact des entités des Ténèbres.

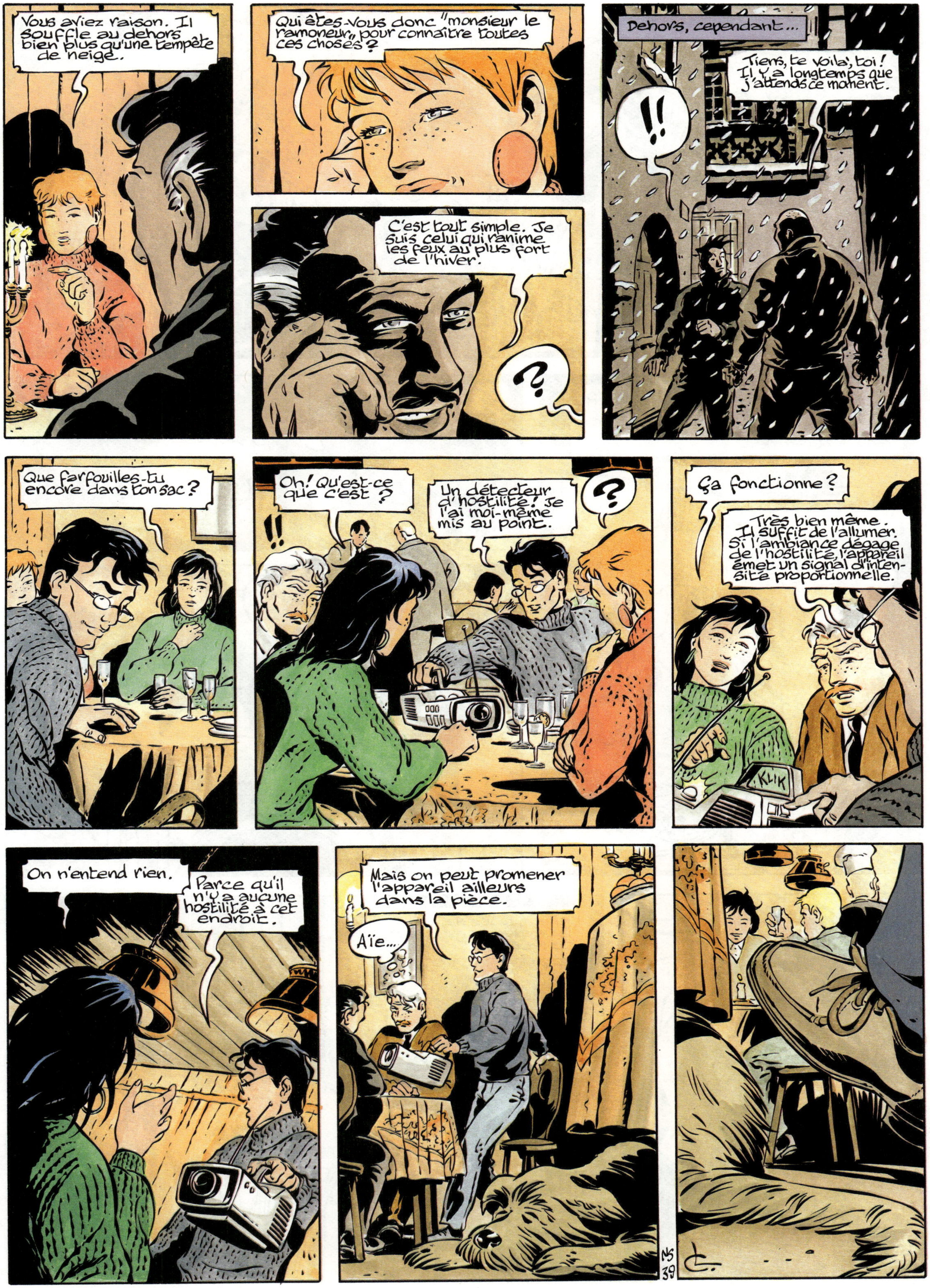
Vous aviez raison. Il souffle au dehors bien plus qu'une tempête de neige.
Qui êtes-vous donc "monsieur le ramoneur" pour connaître toutes ces choses?
C'est tout simple. Je suis celui qui ranime les feux au plus fort de l'hiver.
?
Dehors, cependant...
!!
Tiens, te voilà, toi! Il y a longtemps que j'attends ce moment.
Que farfouilles-tu encore dans ton sac?
Oh! Qu'est-ce que c'est?
!!
Un détecteur d'hostilité! Je l'ai moi-même mis au point.
?
Ça fonctionne?
Très bien même. Il suffit de l'allumer. Si l'ambiance dégage de l'hostilité, l'appareil émet un signal d'intensité proportionnelle.
KLIK
On n'entend rien.
Parce qu'il n'y a aucune hostilité à cet endroit.
Mais on peut promener l'appareil ailleurs dans la pièce.
Aïe...

KAiiii
Rien à dire, ça fonctionne.
!!
Wiiiiiii
WOUAH! WOUAH
WOUAH
L'incident clos, les plats de Bäckeoffe, de Bibeleskäs, de choucroute et de tarte à l'oignon se succèdent, arrosés de pinot gris et de Gewurztraminer.
Tard dans la soirée...
?!
??
LIONEL !?
Enfin, l'aube se lève sur le "Pilier des Anges" dans la Cathédrale.
NS 40

RAK RAK RAK
WOUFF
KLAK
Tout d'abord, un bon feu clair...
Ah, ce fameux carnet...
magnifique, la ville
à ma merci, ou plus
exactement à la merci de la
Présence dont tôt ou tard
je recevrai la visite
Ce — la Présence! AAh!
Ceux qui passent la nuit sur la Pierre Noire se réveillent prophètes ou... FOUS!
WLOUFF
Et voilà....
AH! AH! AH! AH!
Hiiiii! Hiii! Hiiiiiii!

Plus tard, place Gutenberg...
??
Voilée peut-être, mais pas détruite!
?!
HOP!
Et la lumière fut.
Plus tard encore, place St Etienne...
Quel vandalisme!
Une si belle petite place! Entièrement saccagée!.. OH!?
Fini, cette fois je donne ma démission!
Et cette affiche!?
PHANTASMES
COMPAGNIE DES MUTANTS NATIONAL
ASSEZ! ASSEZ! Je ne supporte plus ces monstruosités! AïE!
Ce n'est pas le bon moyen, Lucie...
MUTANTS NATIONAL
KRRTSCH

Le bon moyen, le voici.
Ou je demande ma mutation pour Marseille. Mais...?
Une autre affiche ?!...
Voilà, ceci est beaucoup mieux.
L'EUROPE UNIE AU SERVICE DU MONDE
Dans le foyer pour jeunes des Ponts-Couverts...
Tu as un brevet d'électro-mécanicien, Lionel ? C'est un bon début. Comme tant d'autres, j'aimerais t'associer à un grand projet.
Quel projet ?
Un métro aérien !
Si ça t'intéresse, passe à mon bureau un de ces jours.
Hem, vas-y à pied. La moto, tu te l'"achèteras" après !
Peu à peu, la ville a retrouvé son calme. Dans la cour du Corbeau, une cour sans âge, hors du temps...
On n'a plus besoin de moi, il me semble.
Alors, adieu !
NS 43
KLANG

C'est si loin tout ça...
DRRRING
DRRRING
Allo, Simon Leclère à l'appareil...
ROGER !?
Toi, enfin !
Oui, je suis sorti du long coma il y a quelques jours. Le temps de me rétablir un peu, et j'ai voulu te téléphoner...
Je te dois la Vérité, Simon... Une vérité que tu as longtemps cherchée, René Spielmann me l'a dit.
C'est René justement qui m'a présenté à Ernst Kagel au cours d'une réception. Un homme redoutable à ses yeux, mais cependant un homme dont il avait souvent eu besoin pour mener à bien ses diverses entreprises.
Nous nous sommes retrouvés chez Kagel en fin de soirée. L'alcool aidant, la conversation s'est orientée vers le manichéisme, la Gnose, l'idée du Bien et du Mal.
Le Mal, le Mal ! Tout le monde en parle, et personne ne sait réellement ce que c'est !

(1) Pour les Strasbourgeois, étranger à la ville, Français de l'intérieur ou qui n'est pas Alsacien.

Laverdure 89
Scénario : PISCAGLIA

Les tempêtes de SAINT-MALO
La maison de BRUGES
La longue nuit de STRASBOURG